Blank Comic

Kids to Write Stories

Create Your Own Awesome Comic Book Strip, Variety of Templates for Comic Book Drawing with More than 120 Pages

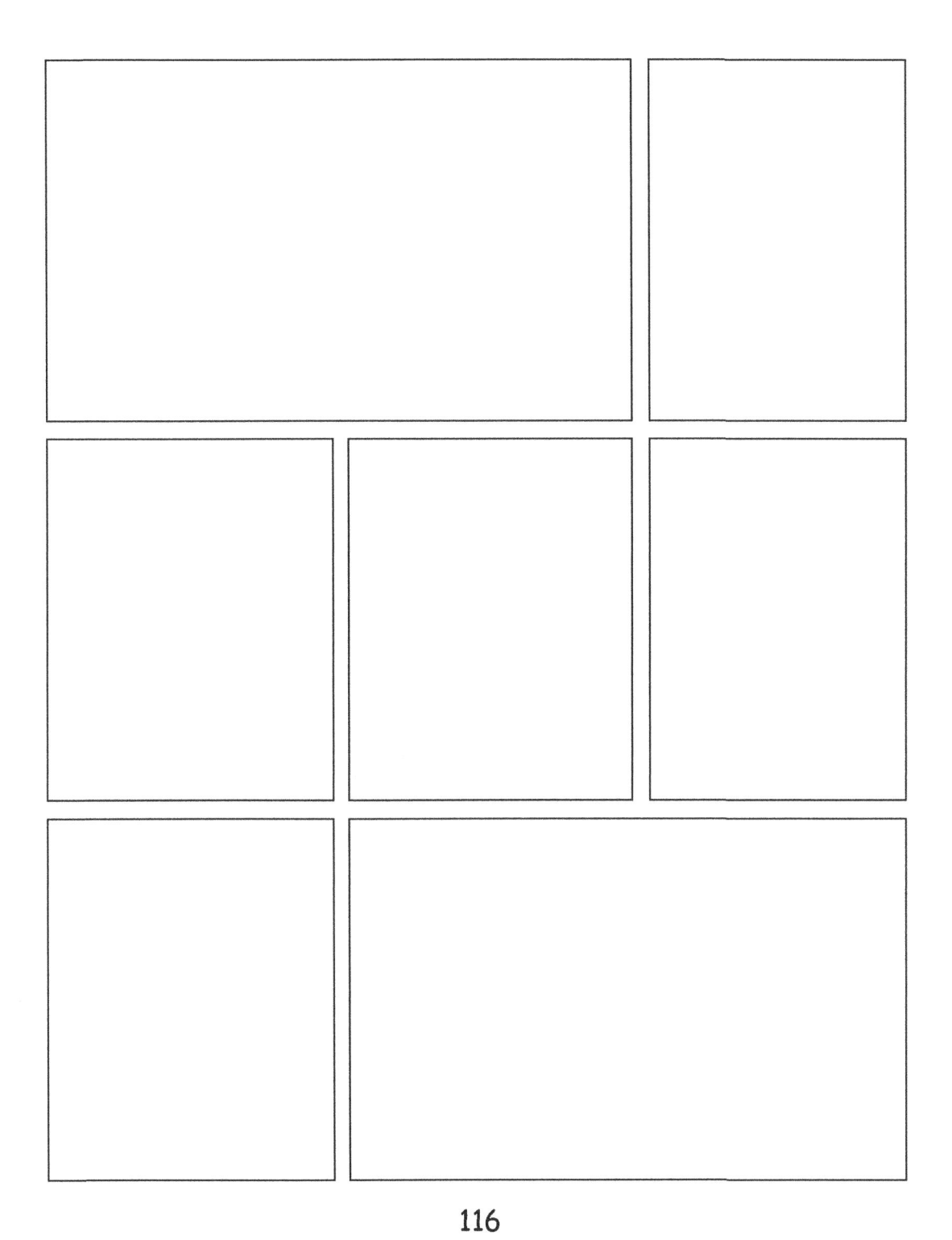

Made in the USA
Columbia, SC
12 July 2025

60669828R00070